ÉPITRES HUMORISTIQUES

Par Henri DOTTIN.

CLERMONT (Oise),

Imprimerie de Charles HUET, rue de Condé, 72.

—

1864.

ÉPITRES HUMORISTIQUES.

DU MÊME AUTEUR :

Cent et une épigrammes de Martial, traduites en vers français, avec le texte en regard et des notes, 1838.

Les noces de Thétis et de Pelée, poëme de Catulle, traduit en vers français, suivi de *Poésies diverses*, et précédé d'une *Notice sur Catulle*, de M. de Pongerville, de l'Académie française, 1839.

Fables en quatrains, 1840.

Les Cendres d'un Empereur, poëme en trois époques, 1840.

Verselets, 1841.

La Femme de l'Ouvrier, roman en vers, 1843.

Etude littéraire sur Amédée du Leyris, membre du Caveau, etc., 1844.

Etude littéraire sur C.-L. Mollevaut, de l'Institut, etc., 1845.

Chants du Pays, poésies, 1845.

Economistes et industriels, ou résumé de la question du Libre échange, 1847.

Des Œuvres dramatiques de M. Charles Rey, étude littéraire, 1848.

Jeanne Hachette, chanson patriotique composée par Mlle Françoise Sauret, marchande de poisson de mer à Beauvais, 1851.

La Statue de Jeanne Hachette, poésie, 1851.

Notice sur Préville, 1852.

Napoléonniennes, poésies, 1852.

Napoléon III en Italie, cinq chants de guerre, 1859.

Le duc de La Rochefoucauld-Liancourt. — Sa vie et sa statue. — Ode et notice. — 1861.

Epître humoristique — à un jeune poëte. — 1862.

ÉPITRES HUMORISTIQUES

Par Henri DOTTIN.

CLERMONT (OISE),

Imprimerie de CHARLES HUET, rue de Condé, 72.

—

1864.

A UN POËTE BUCOLIQUE.

Courrouce-toi, poëte; oui, l'enfer applaudit
Tout ce que cette époque ébauche, crée ou tente.

VICTOR HUGO.

A UN POËTE BUCOLIQUE.

Poëte au vers parfumé,
Qui veux, sur nos fronts moroses,
Mêler le velours des roses
A l'or du soleil de mai ;

Toi dont la muse éveillée
Aime à noter les chansons
Des oiseaux dans les buissons
Et du vent dans la feuillée ;

Rêveur, qui vas, par les champs,
Cueillir ces pâles fleurettes,
Aux mignonnes collerettes,
Dont tu parsèmes tes chants;

Dans notre siècle de doute,
En ce règne de vapeur,
De Bourse et d'esprit frappeur,
Espère-tu qu'on t'écoute ?

Oh non ! de nous émouvoir
Les beautés de la nature
N'ont plus le don ; en peinture
A peine on aime à les voir.

A tes riantes prairies,
Tes rouges soleils couchants,
A tes fleurettes, tes champs,
Tes bois pleins de rêveries,

Crois-moi, l'on préférera,
Poëte, les maillots roses,
La jupe courte et les poses
Des danseuses d'opéra.

A UN CAMPAGNARD.

Remettez en honneur le soc de la charrue,
Repeuplez la campagne aux dépens de la rue.

ÉMILE AUGIER

A UN CAMPAGNARD.

Il est donc vrai ! tu vas déserter l'ermitage
Où, de tes bons aïeux cultivant l'héritage,
Tu voyais le bonheur, sous ton toit abrité,
Faire couler tes jours dans la tranquillité.
Le sort du citadin excite ton envie ;
Tu veux dans les plaisirs noyer aussi ta vie,
Et ces mots : fin de mois, prime, escompte, report,
Passant sur ton cerveau, lui donnent le transport.

Tu te dis : à quoi bon, me courbant sur la terre,
D'un travail de forçat me rendre tributaire,

Quand je puis, à mon tour, heureux spéculateur,
De nos gros financiers atteindre la hauteur,
Et contempler, comme eux, de mes regards avides,
L'or à grands flots tombant dans mes coffres-forts vides;
Tandis qu'il me faudrait suer jusques au sang
Pour arracher au sol dix ou douze pour cent!
Que faire avec cela ! dans le fond d'un village
Végéter tristement, et vieillir avant l'âge,
Sous l'ennuyeux fardeau d'un labeur incessant,
Qui, dès le point du jour, de mon lit me chassant,
Ne me lâchera plus que le soleil ne fasse
Briller pour d'autres champs sa radieuse face.
Pas le moindre loisir ! pas un peu de gaîté !
Ah ! ma foi, c'en est trop ! le sort en est jeté,
Et je vends mes maisons, mes terres, mes prairies,
Mes vaches et mes bœufs, mes grasses bergeries.
En beaux deniers comptants tout cela transformé,
Je vais réaliser mon rêve bien-aimé :
Gagner des monceaux d'or sans un travail servile,
M'abreuver, tout mon soûl, du luxe de la ville ;

Voir, au sein des plaisirs dont s'enivrent mes sens,
Chacun à mes écus adresser son encens ;
Etaler ma splendeur dans un riche équipage,
Et dans le monde aussi faire un peu de tapage.

Voilà ce que tu dis, toi jadis si vanté
Pour ta droite raison et ta simplicité ;
Toi si noble de cœur, et dont le caractère
Sympathisait si bien avec tes coins de terre ;
Toi colosse des champs, dont les larges poumons
Hument l'air, à longs traits, et par vaux et par monts,
Tu voudrais à Paris t'enterrer dans un antre
Où jamais souffle d'air, jamais le soleil n'entre.
Pauvre fou ! connais-tu cette grande cité
Qui te tend ses deux bras tout pleins de volupté ?
Sais-tu jusqu'où conduit ce vil agiotage
A ses dupes offrant tous les biens en partage ?
Et sais-tu ce que sont ce monde et ces plaisirs
Qu'en leur aveugle ardeur convoitent tes désirs ?

Paris ! c'est un foyer d'ignobles saturnales,
De coquins effrontés et de femmes vénales ;

Le théâtre où le vice arbore ses drapeaux ;
C'est la fièvre pour tous sans trève et sans repos.
C'est un torrent fangeux qui roule dans ses ondes
Des crimes inouïs, des misères profondes.
L'égoïsme est partout ; tu n'y trouveras pas
Un seul bras protecteur qui soutienne tes pas
S'ils venaient à faiblir au sein de la carrière,
Pas une oreille amie ouverte à ta prière,
Pas un regard d'amour ! Les élans de ton cœur
Ne rencontreront là que le rire moqueur
De fripons enrichis, à l'air fort respectable,
Avec qui tu joueras toujours cartes sur table ;
Mais eux te rangeront au nombre des badauds
Qui se laissent voler la laine sur le dos.

Et la Bourse, où tu crois, spéculateur habile,
Sans le moindre travail, sans t'échauffer la bile,
Voir de beaux millions, du jour au lendemain,
Dociles à ta voix, accourir dans ta main ;
La Bourse, qu'est-ce donc ? un enfer ! Dans ce temple,
Dont l'or est le seul Dieu, viens avec moi, contemple

Cet homme en des monceaux de chiffres se perdant;
Bien qu'il soit jeune encore, observe cependant
Sur son front dénudé quelques rides naissantes
Que creusent les soucis, les craintes incessantes
Et les nuits sans sommeil. Dans les faveurs du sort
Comme toi confiant, il a pris son essor
Au vent de la fortune, et, toujours balottée,
Sa barque par des flots furieux emportée
Va sombrer aujourd'hui. Plus d'espoir ! Le vois-tu
Errer dans les couloirs, pâle, morne, abattu ?
Du bonheur il croyait avoir trouvé la source ;
Un coup de pistolet est sa seule ressource.
Entré là jeune, beau, riche, considéré,
Il n'en sort que flétri, pauvre et déshonoré.

Faut-il que maintenant je te peigne ce monde
Où vient trôner la joie, où le plaisir abonde ?
Qu'y voit-on bien souvent ? des femmes, sous le fard,
Dérobant à nos yeux leur visage blafard ;
Des jeunes gens usés, sans foi, sans conscience,
N'ayant pour tout esprit et pour toute science

Que l'art de bien emplir une paire de gants ;
Du reste beaux danseurs, cavaliers élégants,
Connaissant à ravir les articles du code
Qui règne sur le turf ou gouverne la mode.
Là, se pavane aussi l'essaim des parvenus,
Ne se souvenant pas qu'hier ils étaient nus,
Aujourd'hui pleins de morgue, et mesurant un homme
Non pas à ces talents que partout on renomme,
Mais au nombre d'écus qu'il a su mettre en tas ;
Sots orgueilleux, tranchant des petits potentats,
Et marquant du dédain pour les chants de la lyre,
Par la bonne raison qu'ils n'ont jamais su lire.

Sous ces plafonds dorés au moins s'amuse-t-on ?
Peut-on rire? fi donc ! c'est de trop mauvais ton.
Il faut s'y tenir raide et droit comme une lance,
Parler pour ne rien dire, ou garder le silence,
Et dans ces grands salons, aux fatigantes nuits,
Errer comme un fantôme à travers les ennuis.

Eh bien ! cela vaut-il cette blanche chaumière
Que le soleil levant inonde de lumière,

La noble majesté de la terre et des cieux,
Les sombres profondeurs des bois silencieux,
La douce paix du cœur au foyer domestique
Où réunis le soir, selon l'usage antique,
Ta femme et tes enfants, tous brillants de santé,
Remplissent ta maison d'un parfum de gaîté.
Le bonheur est chez toi ; pourquoi le méconnaître?
Va, ne demande plus qu'au travail ton bien-être,
En cultivant ces champs que, vieillards harassés
Par le poids des labeurs, tes pères t'ont laissés.

Nos aïeux plus que nous s'attachaient à la terre.
Aujourd'hui que fait-on de son fils? un notaire,
Un avocat sans cause, et maint cultivateur
A la Chambre voudrait fournir un orateur.
Toi, cède à ton bon sens, à ta simple nature ;
Inspire à tes enfants l'amour de la culture ;
Souvent répète-leur que pour l'homme, ici-bas,
La vie est un appel à de fréquents combats,

Et que, des braves gens pour conserver l'estime,
Le profit du travail est le seul légitime.

Puis, lorsque tu verras partir ces insensés,
Par de beaux rêves d'or nonchalamment bercés ;
Dis encore à tes fils : Nous, restons où nous sommes;
Ces fous vont aux cités, où tout parle des hommes,
Chercher ce qu'ils pouvaient ici trouver..... Adieu !
Moi, je retourne aux champs, où tout parle de Dieu.

A MON JOURNAL.

Le journalisme est la puissance des chemins de fer appliquée à la pensée.

ARTAUD.

A MON JOURNAL.

O toi qui, chaque matin,
Accours frapper à ma porte,
Voyons un peu ce qu'apporte
Aujourd'hui ton bulletin.

Est-ce la paix ou la guerre?...
Mais mon esprit peu profond
A ton article de fond
Souvent ne s'arrête guère.

Puis, voici de l'étranger
Venir plus d'une nouvelle ;
Ce grimoire en ma cervelle
A du mal à se loger.

De tes faits divers la page
M'allèche pour un moment ;
Oh ! quel désappointement !
La réclame y fait tapage.

Que de colonnes voilà
Où pompeusement l'annonce
Se pavane ! — Je renonce
A dire ce qu'on lit là.

Si je me laissais séduire
Par tes filandreux romans,
A de longs abonnements
Cela pourrait me conduire ;

Aussi, je m'en garderai,
Et, pour dernière ressource,
Cherchant du style, lirai
Le bulletin de la Bourse.

A UNE DEMOISELLE A MARIER.

Livrez donc un ménage à ces têtes futiles!

LOUIS BOUILHET.

A UNE DEMOISELLE A MARIER.

Bientôt vous compterez, Estelle, vingt-cinq ans.
Oh ! pardon, ces trois mots, n'est-ce pas, sont choquants;
Disons vingt-cinq printemps. Or, votre teint si rose
A pali, vous semblez de plus en plus morose.
Quels ennuis ont courbé votre front assombri ?
Que vous manque-t-il donc ? Je devine... un mari.
Un mari ! mais charmant, mais plein d'esprit, mais riche !
(Et de ces maris-là la Providence est chiche.)
Un mari, tel qu'enfin plus d'une l'a rêvé,
Mais que plus d'une aussi n'a pas encor trouvé.

Pour plaire, je le sais, vous êtes vraiment faite ;
Partout, à votre aspect, tout prend un air de fête ;

Vos traits sont fins et doux, vos regards sont parlants ;
Vous joignez à cela de forts jolis talents :
Sur la toile, on a vu votre pinceau fidèle
Fixer de la nature un tableau digne d'elle ;
Vos doigts interrogeant l'ivoire du clavier,
Tirent des sons qu'un Listz pourrait vous envier ;
On cite très-souvent les fines réparties,
De votre esprit orné, sans nul effort, sorties ;
Mais ce qu'on prise en vous bien plus que le talent
Et bien plus que l'esprit, c'est un cœur excellent.

Toutes ces qualités, que le monde renomme,
Ont captivé, dit-on, plus d'un brillant jeune homme ;
Mais pas un n'est venu, de vos charmes épris,
De son amour pour vous solliciter le prix.
Pourquoi ? Je le sais bien, et je n'ose le dire ;
Vous pourriez m'accuser de faire une satire.
Ecoutez-moi pourtant : — Les chiffres, de nos jours,
Règnent sur nos destins et régneront toujours ;
Il n'est point, ici-bas, d'homme qui ne calcule ;
Devant quelques zéros très-souvent on recule.

Or donc, pour s'enchaîner par les nœuds de l'hymen,
S'il suffisait de prendre une main dans sa main,
Tout irait bien ; mais non, le jeune homme qui pense
Aux soins de l'avenir, suppute la dépense
Qu'un mariage ajoute au total du budget,
Et ce chiffre parfois dérange son projet.
Avant de s'engager, il s'informe en cachette
Si celle qu'il choisit ne serait pas coquette,
Et si l'amour du luxe en elle n'aurait point
Etabli son empire... — Oh ! notez bien ce point !

Comme vous le voyez, un mari sait, Estelle,
Ce que coûtent rubans et voiles de dentelle ;
Il sait que des marchands de soie ou de velours,
De perles, de bijoux, les mémoires sont lourds.

A qui la faute, hélas ! si mainte jeune fille
Souvent s'abuse ? à vous, ô mères de famille,
Dont l'orgueil se complaît à couvrir vos enfants
De ces vains oripeaux à ramages bouffants,
Qui les font ressembler à de grandes poupées.
De leur pensionnat dès qu'à peine échappées,

Vos filles ont repris leur rang dans la maison,
Quel démon, dites-moi, trouble votre raison ;
Car vous ne rêvez plus que fêtes et soirées
Où vous nous les montrez pompeusement parées,
Tandis que vos coups-d'œil, vos gracieux souris
Se mettent à l'affût pour piper des maris.
Avant tout, formez donc de bonnes ménagères !
On ne voit plus de rois épouser des bergères ;
Et ces colifichets, chatoyants ou brodés,
Ne feront pas venir ce que vous attendez.

Une femme élégante a du charme sans doute ;
Mais, ce que, de nos jours, à bon droit je redoute,
C'est ce luxe effréné qu'il est triste de voir
Envahir tous les rangs, ronger le maigre avoir
De ce petit commis dont la femme s'admire
Dans les plis onduleux d'un ample cachemire.
On veut paraître riche ! ô sotte vanité !
Et l'on traîne ses jours dans la gêne, endetté,
Pour briller dans le monde et que partout l'on dise :
Madame X... est toujours merveilleusement mise !

Beau mérite, ma foi, digne d'être vanté !
Ce mérite, sait-on tout ce qu'il a coûté
A ce pauvre ménage et de honte et de jeûne !
O femme, quand on est comme vous belle, jeune,
De charmes seulement ne peut-on se parer ?
Croyez-moi, l'on saurait encor vous admirer
Sans ces futilités dont la splendeur vous tente,
Sans vos robes de gaze ou de moire éclatante.
Alors, que dirait-on ? Qu'en sa simplicité,
Le moindre vêtement par vous est bien porté ;
Que vous montrez en tout une grâce légère ;
Puis, on ajouterait qu'heureuse ménagère,
Par vos soins assidus vous savez préparer
L'avenir que l'aisance un jour viendra dorer ;
Qu'un parfum de bonheur autour de vous respire,
Et que, de vos vertus reconnaissant l'empire,
Vos enfants, pleins d'amour, guidés par votre main,
Loin des sentiers du mal, suivent le droit chemin.

Ah ! n'est-il pas plus doux pour votre cœur si tendre
Qu'on parle ainsi de vous, ô femme, que d'entendre

Le dépit accorder de fades compliments
A vos pompeux atours, à vos vains ornements !
Que vous les maudiriez ces splendides toilettes,
Si vous songiez un peu, bonne comme vous l'êtes,
A tant de pauvres gens, maigres, déguenillés,
Que d'un de vos rubans le prix eût habillés,
Et qui viendraient bénir votre main tutélaire !.....

Mon sermon est bien long ; aura-t-il su vous plaire ?
Estelle, je le croïs, car vous m'avez souri.....

. . . .

Vive Dieu ! dans trois mois vous aurez un mari !

Cette épître a été imprimée au *Recueil de l'Académie des Jeux Floraux de Toulouse*, après avoir le plus approché du prix dans le Concours de 1864, qui avait attiré plus de six cents pièces de vers venues de tous les points de l'horizon.

Elle a été, en outre, conviée aux honneurs de la lecture, dans la séance publique tenue, le 8 mai 1864, par la Société philotechnique de Paris.

A quoi bon, nous dira-t-on, invoquer en faveur de votre œuvre ces demi-succès académiques ? Ce sont là des souvenirs intimes que votre modestie d'auteur aurait dû laisser dans l'ombre.

Pour justifier ce léger grain de vanité, si commun, du reste, chez les grands comme chez les petits poëtes, nous répondrons — que sait-on ? — le cœur humain est si bizarre ; — peut-être certains lecteurs, ayant peu goûté d'abord notre épître, la trouveront-ils meilleure après la lecture de cette note.

A MONSIEUR BONNET,

TRADUCTEUR DE CATULLE

Je ne m'attendais pas à voir tant de poésie dans la gêne d'une traduction.

VOLTAIRE.

A MONSIEUR BONNET,

TRADUCTEUR DE CATULLE ET AUTEUR DE

Catulle à Vérone.

De Catulle heureux interprète,
Vous vous montrez bon débiteur ;
Toujours à ce charmant auteur
Vous rendez tout ce qu'il vous prête.

Maints classiques sont étonnés
D'être habillés à la française ;
Mais le vôtre est fort à son aise
Dans l'habit que vous lui donnez.

Oui, c'est encor la même grâce
Dans la démarche et dans la voix ;
C'est Catulle qu'en vous je vois,
Et sur vos pas je suis sa trace.

Si Lesbie un jour revenait
En ce monde, ne pourrait-elle,
Sans être pourtant infidèle,
Pour son amant prendre Bonnet?

Quand vous mettez Catulle en cause
Dans des vers remplis d'agrément,
Je suis tenté certainement
De croire à la métempsycose.

A UN JEUNE POËTE.

Le temple glorieux de la littérature,
Que devient-il, hélas ! une manufacture.

BIGNAN.

A UN JEUNE POËTE.

Arrière les Boileau, les Vida, les Horace !
De leurs admirateurs périsse enfin la race !
Je te le dis tout net, nous avons bien assez
De ces fades écrits, avec art compassés.
Des règles, à quoi bon ? Le siècle les renie.
La règle maintenant, pour nous, c'est le génie
Se drapant dans sa force et dans sa liberté,
Pour conquérir des droits à l'immortalité.

Depuis que des rayons de l'Apollon antique
Est à jamais sevré notre ciel poétique,

4.

Tout a changé ; la langue et la forme du vers.
Toi donc, esclave-né de ce maudit travers
Qui nous pousse à rimer dans un siècle de prose ;
Toi, dont l'âme se plaît à voir la vie en rose
Avant que de donner l'essor à tes chansons,
D'un vieux rimeur encore écoute les leçons.

Nos ancêtres avaient l'oreille trop pudique,
Quand maîtrisant leurs vers au rhythme méthodique,
Ils les bourraient de mots pleins, harmonieux, forts.
De nos jours, il n'est plus besoin de tant d'efforts.
Notre vers tapajeur ne craint pas la brisure,
Et sait complaisamment se passer de césure.
Il a mis bas enfin le trop étroit corset
Dont le cercle de fer par les flancs le pressait,
Et, remuant la hanche avec désinvolture,
Il enjambe partout, et court à l'aventure.

Au vieux style à son tour on a fait le procès.
Nos bons aïeux voulaient s'exprimer en français,

Et se donnaient (ma foi, c'est à pouffer de rire !)
La peine de penser avant d'oser écrire ;
Mais nous, nous écrivons avant d'avoir pensé ;
C'est plus tôt fait ! et puis, le public est pressé ;
Or, le chemin de fer de la littérature
A des anciens auteurs remplacé la voiture.
On entasse à présent mots sur mots ; la raison
Semble de nos cerveaux déserter la cloison.
A quoi bon, après tout, d'un bagage inutile
Se charger ? Ce qu'il faut, mon ami, c'est un style
Chamarré de brillants, d'émeraudes, de fleurs.
Le vieux langage avait, lui, les pâles couleurs ;
Mais chez nous, aujourd'hui, vive le pittoresque !
Nous n'aimons que le style en costume moresque.

Nos ancêtres au cœur adressaient leur encens ;
Nous avons rétabli, nous, le culte des sens,
Et, dans tous nos écrits, le matérialisme
Se promène, après lui traînant le réalisme.

— Réalisme ! mon Dieu ! quel est donc ce mot là ? —
Tout beau ! tout beau ! mon cher, et retiens bien cela :
De nos grands écrivains veux-tu grossir la liste ?
Oh ! fais-toi sur-le-champ baptiser réaliste.
Peins tout ce que tu vois, le bizarre, le laid ;
En termes dont rougit la langue d'un valet,
Redis fidèlement les ignobles colloques
Des chiffonniers hurlant dans l'ordure des loques ;
Puis, ajoute à cela quelques phrases d'argot,
Ce patois des forçats auquel Victor Hugo,
Dans son dernier roman, fait l'honneur d'un volume ;
Et la gloire est à toi !... que ta verve s'allume,
Poëte, et conte-nous la noble histoire en vers
De Dagobert qui met sa culotte à l'envers.

Peut-être aimes-tu mieux, aux rives de la Seine,
Cultiver les succès émouvants de la scène ?
C'est autre chose ! il faut connaître son métier.
Réponds-moi donc d'abord : Es-tu bon *charpentier ?*

Ne va pas espérer, dans une tragédie,
Comme aux siècles passés, voir ta muse applaudie.
Melpomène est bien morte ! A quoi bon t'amuser,
Autour d'une momie, à la galvaniser?
Tu verrais bafouer et Racine et Voltaire,
S'ils avaient le malheur de revenir sur terre.
Fi des trois unités, et fi du cœur humain !
Pour réussir, ami, connais mieux le chemin.
Ton sujet, choisis-le dans quelque bouge immonde :
Coquins fieffés, escrocs, filles du demi-monde,
Voilà tous tes héros ! — Ils sont beaux ! — Que veux-tu?
Chaque homme n'est pas né pour les prix de vertu.
Ah ! surtout point de vers ! De nos gens de finance
L'oreille ne peut plus souffrir la consonnance
Des rimes, dont les sons aujourd'hui sont vaincus
Par les doux cliquetis que rend un sac d'écus.

Tu te dis *charpentier;* au boulevard du Crime,
Alors, que ton talent dans un drame s'escrime.

Que de coups de théâtre il te faut entasser !
Quant au style, le mieux sera de t'en passer ;
Mais à ton aide appelle et décors et machines,
Ou de lourds éléphants dont les larges échines,
De ton drame viendront soutenir vaillamment
Les actes monstrueux jusqu'à leur dénoûment.
C'est là qu'est le succès !...

Tiens, plutôt, prends vingt plumes,
En vingt jours ou vingt nuits, bâcle-nous vingt volumes ;
Quelque histoire bien longue à n'en pas voir le bout,
De force à mettre à sec l'esprit d'Edmond About.
Montre-nous-y des gueux ou bien des mousquetaires.
Si tu digères mal, que de bons secrétaires
Mâchent un peu pour toi. Sur tes appartements
Fais ensuite afficher : *Fabrique de romans;*
Puis, à tes travailleurs donne alors leur consigne :
Ménager la matière et tirer à la ligne,
Voilà le grand moyen pour conserver longtemps
Des lecteurs harassés les esprits haletants !

Quoi! de tant de travaux ta verve n'est point lasse!
Au bureau d'un journal marque, dès lors, ta place.
Là, ton *premier Paris*, narguant le feuilleton,
De nos hommes d'Etat devra prendre le ton.
Il te faudra sans cesse, ingénieux Protée,
De ton souple talent essayer la portée,
Et lestement passer, du matin jusqu'au soir,
Du rouge au bleu, du vert au gris, du blanc au noir.

Marche donc!... Devant toi ces carrières ouvertes
Te feront endosser l'habit à palmes vertes,
Et, ce qui vaut bien mieux, ton coffre-fort verra
Autant d'or que celui d'un ténor d'opéra.

Au temps de nos aïeux, de leurs nuits dévorantes
Les poëtes jamais n'ont su tirer de rentes.
Maigres, pâles, jeûnant et toujours souffreteux,
Dans leurs pourpoints troués ils grelottaient, honteux;
Mais ils rêvaient la gloire!... et leurs fécondes veilles
Pour la postérité préparaient des merveilles.

De nos jours, les auteurs, bien gras et bien portants,
Eux, ne travaillent plus qu'à beaux deniers comptants.

O honte ! ô sacrilége ! ô ma pauvre patrie !
L'art n'est donc plus chez toi qu'une vaste industrie.
Au train dont nous allons, cher poëte, j'ai peur
De voir bientôt créer des cerveaux à vapeur.

A MON AMI AMÉDÉE DU LEYRIS,

CHANSONNIER.

AU LECTEUR DE LA TRADUCTION DE CATULLE,

PAR M. BONNET.

A MON AMI AMÉDÉE DU LEYRIS,

CHANSONNIER.

Dans l'art difficile du mètre,
Toi, depuis longtemps bachelier,
Tu viens me dire : allons, mon maître,
Corrige mes vers d'écolier.

Ah ! c'est une plaisanterie !
Qui, moi ? te donner des leçons !
Pour que ta muse un jour en rie
Dans les refrains de ses chansons.

Mais tu le veux, sur mon enclume
De tes vers je remets les pieds ;
Tant pis, par les coups de ma plume,
S'ils retournent estropiés.

AU LECTEUR

de la traduction de Catulle par M. Bonnet.

Lecteur, est-ce qu'on reconnaît
Traducteur, auteur ? que t'en semble ?
On dirait qu'ils pensent ensemble :
C'est deux têtes dans un *bonnet*.

A MON CIGARE.

Memento, homo, quia pulvis es et in pulverem reverteris.

A MON CIGARE.

Dans mes jours de flânerie,
Aux heures de rêverie,
Lorsque tu viens te placer
Sur ma lèvre parfumée
Par ta bleuâtre fumée,
J'aime parfois à penser.

A l'homme je te compare :
Comme toi, pauvre cigare,
Au feu de la passion
Se consume notre vie ;
Feu de luxure ou d'envie,
D'orgueil ou d'ambition.

Puis l'illusion frivole
En fumée, hélas ! s'envole
Au vent de la vérité.
L'âge finit notre songe,
Et pour nous tout est mensonge,
Pour nous tout est vanité !

Enfin, en proie aux souffrances,
Et quand de nos espérances
Le but n'est pas même atteint,
Au cercueil il faut descendre,
Ne laissant qu'un peu de cendre,
Comme toi l'homme s'éteint.

A MA MUSE.

Ecrive qui voudra !

BOILEAU.

A MA MUSE.

C'est donc toi qui viens, ô Muse,
Encore me visiter?
Crois-tu que cela m'amuse?
Je ne veux plus t'écouter.

Ton exigeance m'obsède;
J'ai beau te dire : Va-t-en!
Il faut que chez moi tout cède
A ton caprice, et pourtant

Quel plus grand supplice, en somme,
Que le goût de rimailler,
Quand, pour nous priver de somme,
Il nous suit sur l'oreiller.

Laisse-moi, je t'en supplie,
Muse, ce n'est plus le temps
De songer à la folie ;
Hélas ! je n'ai plus vingt ans !

Vingt ans ! alors tes carresses
Et tes baisers amoureux
Me plongeaient en des ivresses
Qui me rendaient bien heureux.

Mais voici l'âge, ma belle,
Où s'argentent mes cheveux ;
O Muse, sois moi rebelle
A présent, si tu le veux.

A UN PARISIEN.

Paris est le cœur et le cerveau de la France.

Un membre du Corps législatif.

A UN PARISIEN.

Hé ! que diable ! tu te piques ;
Allons, tout beau ! j'y souscris :
La province est à cent piques
Au-dessous de ton Paris.

Nous n'avons pas le génie
Qui gonfle vos fronts puissants ;
Mais ce que l'on nous dénie
Vaut-il notre gros bon sens ?

A vos femmes sémillantes
Les nôtres cèdent le pas
Pour les toilettes brillantes,
Mais ne nous ruinent pas.

Nos petits auteurs pâlissent
Devant la fécondité
Des vôtres ; mais ils polissent
Ce que leur Muse a dicté.

Vous avez mille avantages ;
Vous logez dans des palais ;
Mais à grimper cinq étages
Nous n'usons pas nos mollets.

A suivre en tout votre trace
Fi de nos prétentions !
Mais, pour Dieu, faites-nous grâce
De vos révolutions !

AU LECTEUR.

O Cives, Cives, quœrenda pecunia primum.

HORACE.

AU LECTEUR.

J'aurais dû, cher lecteur, vous faire une préface,
Et vanter devant vous mon œuvre longuement.
C'est un plaisir permis que maint auteur se passe.
Y tenez-vous? ici, causons donc un moment.

De quoi? — Traiterons-nous quelque point d'esthétique,
Dont notre esprit ne puisse apercevoir le fond ?
C'est de mode à présent : souvent plus d'un critique
Se rend obscur afin de paraître profond.

Irons-nous demander à dame poésie
De ses adorateurs les succès et les noms?
Ah! pour parler de vers l'époque est mal choisie,
Car le soleil de l'art n'a guères de Memnons.

Voulez-vous parcourir le champ de la peinture?
Quels pinceaux aujourd'hui sauraient nous enflammer?
Nous n'avons point l'amour de la grande nature,
Et l'idéal n'a plus le don de nous charmer.

Faut-il étudier, dans les jeux de la scène,
Des types de sottise ou d'immoralité?
Oh! des drames du jour l'atmosphère mal saine
Porte trop à rougir de la société.

Cherchons dans la musique une phrase applaudie,
Qui fasse palpiter nos cœurs à ses accords.
Où trouver maintenant un peu de mélodie?
Dans l'air du *pied qui r'mue* ou bien de *zut, alors?...*

Oui, je désire, avant de clore ce volume,
Aborder un sujet qui vous plaise, ô lecteur.
Ah ! vous en tenez un ! vite, je prends la plume...
— « Causons des Sarragosse ou des Nord. » — Serviteur !

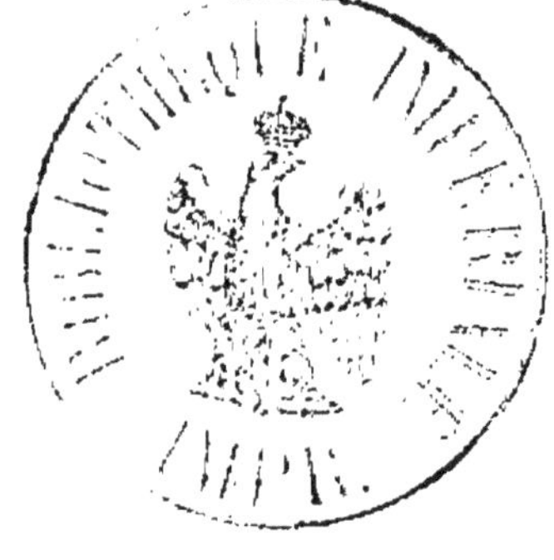

TABLE.

—

www.ingramcontent.com/pod-product-compliance
Ingram Content Group UK Ltd.
Pitfield, Milton Keynes, MK11 3LW, UK
UKHW012101240726
13965UKWH00004B/1465